한국 희곡 명작선 09

무지개섬 이야기

한국 희곡 명작선 09

무지개섬 이야기

진주

평민사

진

주

무
지
개
섬
이
야
기

등장인물

남자, 아이
– 해설, 고래잡이 아빠, 엄마, 소년(용기),
엄마 고래, 아기 고래(아쿠)
의원, 어부, 날치들,
꽃게, 송사리, 개1, 개2, 개3 등

※ 인형, 그림자를 이용한 아동극이다. 2인극으로 활용할 수
있고, 그 이상이 참여할 수도 있다.

장소

작은 섬마을 일대
바다가 보이는 집의 옥상

프롤로그

무대 위에는 거대한 빨래 줄이 걸려 있다. 뒤쪽으로도 빨래가 걸려있다. 아이의 옷과, 성인 남자의 옷이 걸려 있다. 빨래 줄을 연결한 장대 옆에 아이의 장난감 바구니가 놓여 있다. 바구니 속에는 작은 고래, 갈매기, 꽃게 등 동물 인형들이 들어 있다. 바구니 앞쪽에 의자가 하나 있다.

빨래 바구니를 들고 들어오는 남자와 그 뒤를 졸졸 쫓아오는 아이. 아이는 땅만 바라보고 있다. 남자, 크고 하얀 이불 호청을 털어, 비어있는 긴 빨래 줄에 건다.

남자　　빨래 끝!

아이　　…

남자　　(아이 보며) 빨래 끝, 안 해?

아이　　안 해…

남자　　왜, 빨래 끝-!! (아이 팔을 들며)

아이　　안 해!!

남자　　왜 이렇게 심통이 나셨을까?

남자, 아이를 번쩍 안아 무릎에 앉힌다.

아이　싫어~

남자　… 엄마 아파서 속상해?

아이　수족관 가기로 했잖아. 고래 보러 가기로 했잖아!!

남자　엄마 때문이야, 고래 때문이야?

아이　(벌떡 일어나) 엄마는 맨날 아파…

남자　너–

아이　속상해…

침묵. 남자, 지켜보다가 아이를 의자에 앉힌다.

남자　아빠가 얘기해줄게. 고래 얘기.

아이　됐어.

남자　진짜?

아이　됐다구!!

남자, 천들을 이용해 이불호청 뒤에서 고래 모양을 만든다.
그림자로 나타나는 고래. 놀라는 아이.

아이　우와.

사라지는 고래.

남자   (이불 뒤에서 고개만 쏙 내밀며) 정말 됐어?

아이   (고개 젓는다) …

남자   대답해야지?

아이   고래, 볼래.

남자   근데, 고래 얘기를 하려면… 어떤 섬부터 얘기해야 해.

아이   우리 섬?

남자   꼭 우리 섬처럼 작은 섬이 있었어. 옛날 옛날 저기 저기
동쪽 바다 끝에…

무대 어두워진다.

조명이 서서히 밝아진다.

해설   옛날 옛날, 동쪽 바다 끝 이름 모를 작은 섬이 하나 있
었어요. 이곳에는 한 부부가 살고 있었죠. 남편은 작은
물고기들을 잡았고, 아내는 바느질을 하며 행복하게 살
고 있었어요. 그리고 귀여운 아이도 하나 태어났구요.
그런데, 이들의 행복을 하늘도 시기했을까요? 아내가
시름시름 앓기 시작했어요. 날로 병색이 짙어졌고, 여
러 약을 수소문하여 써보았지만 차도가 없었답니다. 남
편은 밤낮으로 쉬지 않고 일했지만, 약값을 대느라 허
리가 휠 지경이었죠. 하지만 여전히 이 가족은 서로를
사랑했습니다.
그러던 어느 날.

의원   (혀를 차며) 더는 손쓸 수가 없겠어.

아빠   그게 무슨 말씀이세요.

의원   약이란 약은 다 써보았지 않나. 그만 포기하게.

아빠   안됩니다. 그런 말씀 마세요. 제가 더 열심히 하겠습니
다. 제발 방법만이라도 일러주세요!

의원   혹시 방법이 있을지도…

아빠   그게 뭡니까?

의원   혹시… (뜸 들이다) 아니야.

아빠   말씀해주세요.

의원   에이… 아닐세. 확실치가 않아서… 아니야 못 들은 걸로 하게

아빠   안됩니다! 괜찮으니 말씀이라도 해주세요.

의원   혹… 아니다.

아빠   제발요!

의원   고래의 꼬리가… 좋다는 말은 들어본 적 있네만… 고래 잡기가 어디 쉬운 일인가… 게다가 자네처럼 작은 배를 모는 사람에게는…

아빠   아닙니다. 감사합니다. 감사합니다! (사이) 고래를 잡자. 잡을 수 있어. 고래를 잡으면 모두 예전으로 돌아갈 수 있을 거야!

해설   아빠는 의원님의 말을 듣고 당장 고래를 잡으러 멀리 떠날 준비를 했습니다.

엄마   여보, 고래는… 안 잡으면 안 될까요…? 너무 위험해요. 그리고 그게 정말 도움이 될지 알 수 없잖아요…

해설   그러나 아빠는 말리는 엄마를 뒤로하고, 바다로 떠났습니다. 먼 바다 가까운 바다 할 것이 없이 바다를 다니며 고래를 찾았지만, 고래의 꼬리도 보지 못했습니다.

아빠는 며칠씩 바다를 헤매다가 집으로 지쳐 돌아오곤 했어요. 그 사이 엄마의 병은 점점 더 깊어졌고, 나중에는 누워만 있게 되었습니다. 아이는 학교도 갈 수 없었

습니다.

그러다 결국 집안의 물건들까지 하나씩 하나씩 팔아야 했습니다. 그러다가 아이의 책상까지 팔던 날, 엄마는 펑펑 울었어요. 아이는 걱정이 되어 엄마 곁에 꼭 붙어서 있었습니다.

그날 밤, 아빠가 책상을 팔고 돌아오자, 엄마가 환하게 웃으면서 아빠를 맞이해주는 게 아니겠어요? 아빠는 오랜만에 엄마가 웃는 것을 보고 마음이 무척 좋았습니다. 엄마가 몸이 많이 좋아졌나보다, 하고 생각했어요. 아이도 엄마가 웃어서 좋았습니다.

그날은 죽만 먹어도 기분이 참 좋았습니다. 엄마는 죽을 아이와 아빠에게 나누어주면서 부탁했습니다.

엄마   여보, 내일 바다로 나갈 때, 저도 데려가 줄 수 있나요?

해설   아빠는 조금 생각하다가 대답했습니다.

아빠   그래요. 오랜만에 바닷바람도 쐬고, 내가 맛있는 회도 떠줄게요. 그동안 너무 오랫동안 누워만 있었으니까, 함께 갑시다.

해설   그동안에도 고래가 나타나지 않았는데, 내일이라고 나타날까요? 아빠는 그렇게 생각하고 엄마의 부탁을 들어주기로 했습니다. 물론, 아이는 아랫집에 맡기기로 했지요.

다음날, 엄마는 가장 예쁘고 깨끗한 옷을 입었습니다. 아이는 엄마의 모습을 보면서 박수를 쳤어요. 엄마는 아이의 두 뺨을 몇 번이나 어루만졌지요. 이상하게 엄마는 우는 것처럼 보였습니다.

아이   엄마… 왜 울어요?

엄마   너무 행복해서.

해설   엄마는 미리 배를 준비하고 있는 아빠를 만나러 떠났습니다. 아이는 엄마가 보이지 않을 때까지 몇 번이나 손을 흔들었습니다. 엄마가 계속 돌아보았기 때문이었어요. 이상하게도 엄마는 바다에 간다는 게 설렌다고 하면서도 계속해서 계속해서 몇 번이나 집을 돌아보았지요. 아이는 절벽 끝에 서서 계속 손을 흔들었어요.

파도소리, 갈매기 소리

해설   간만에 나온 바다는 참으로 아름답고 시원했습니다. 엄마는 배 난간에 서서 갈매기를 향해 손을 흔들고 파도를 보며 환하게 웃었습니다. 아빠도 그 모습이 너무 좋아서 계속 그 모습을 바라보았어요. 그래서 어디까지 가는 줄도 모르고 계속 배는 바다를 향해 갔습니다. 아차, 어디쯤 왔을까. 아빠가 당황해서 주변을 살필 쯤,

거대한 암초가 보였습니다.

아빠 안 돼!!!!

해설 열심히 뱃머리를 돌렸지만 소용이 없었어요. 그때, 크와악, 부딪히면서 파도가 배 위까지 쳐올랐습니다. 그리고 암초가 위로 솟구치기 시작했습니다. 그건… 고래였습니다! 그리고 그 고래는 엄마 쪽으로 다가오는 게 아니겠어요?! 이상하게도 엄마는 고래가 두렵지 않은 것 같았습니다. 엄마도 고래를 향해 손을 뻗고 있었습니다.

아빠 여보, 조심해!

이불호청 뒤로 보이는 거대한 고래와 작은 배의 그림자.

해설 깜짝 놀란 아빠는 고래가 엄마를 해칠까봐 겁도 없이 커다란 작살을 들고 고래에게 향해 뛰었습니다.

엄마 여보, 안 돼요! 그러지 말아요!

해설 아빠는 작살을 들고 고래를 향해 갔습니다. 그리고, 고래의 눈을 향해 작살을 던졌습니다.

고래 포효소리, 파도 물결치는 소리

해설   아빠가 내리친 작살이 고래의 눈가에 큰 상처를 냈습니다. 고래가 놀라 몸부림을 쳤습니다. 고래의 커다란 꼬리가 바다 수면 위를 촤악! 하고 내리쳤습니다.

큰 물 튀기는 소리, 배가 기우뚱거리는 소리.
엄마의 비명소리.

아빠   여보, 조심해! 여보? 여보오!!
해설   아빠가 엄마에게 소리쳤을 때, 엄마는 이미 흔들리는 배 안에서 떨어지고 있었습니다.
아빠   안 돼, 안 돼! 안 돼!!!
해설   요동을 치던 고래는 순식간에 사라졌습니다. 그리고, 엄마도 순식간에 사라졌습니다. 아빠는 혼자 집으로 돌아와야 했습니다.

소년   엄마는요…?
해설   아빠는 대답하지 않았습니다.
소년   아빠, 엄마는요…?
해설   아빠는 대답하지 않았습니다.
소년   엄마는요…?
해설   아빠는 울고 있었습니다. 소년은 더 이상 묻지 않았습니다. 그날부터 소년은, 아빠와 한마디도 하지 않았습

니다. 아빠는 왜 엄마를 고래에게 빼앗긴 걸까… 엄마
를 빼앗아갔다는 고래만큼 아빠가 미웠습니다.

그날 엄마가 못 가게 잡아야했던 걸까. 내가 나빠서 엄
마가 바다에 가겠다고 한 걸까. 내가 뭘 잘못한 걸까…
그냥 집 앞에 앉아서 엄마를 기다렸습니다. 하루, 이
틀… 한달, 일년… 이년… 하지만 엄마는 돌아오지 않
았습니다.

아빠는 계속 고래를 잡으러 다녔습니다. 아니, 찾으러
다녔습니다. 눈가에 상처를 낸 그 고래를 찾으려요.

그래서 여전히 소년은 혼자였습니다. 학교도 다니지 않
고 엄마도 없고, 말도 더듬는 소년과 아무도 놀아주지
않았습니다. 냄새난다고 놀림도 당했고, 가난하다고,
괴롭힘 당하기도 했습니다.

사람들은 소년의 아빠를 고래 미치광이라고 불렀습니
다. 소년마저도 아빠를 피해 다녔습니다. 소년은 이제
절벽에서 늘 혼자 놀았습니다. 아무도 말 걸어주지 않
았기 때문에 하루 종일 한마디도 못하는 날도 많았습니
다. 그러다 가끔 입이 간지러우면 바람에게, 파도에게,
갈매기에게, 꽃게에게 말을 걸었습니다. 그날도 마찬가
지였지요.

소년   오늘은 정말 하늘이 멀리까지 맑다. 그치? 이런 날은

저 멀리까지 헤엄쳐서 가고 싶어. 저기, 수평선에 닿을 때까지.

꽃게 이봐.

해설 무슨 소리였을까요? 잘못 들은 걸까요? 여긴 꽃게랑 소년뿐인데.

소년 으응?

꽃게 이봐. 여기라구. 여기.

소년 꼬… 꽃게…?

꽃게 너는 왜 맨날 혼자서 우리한테 말을 거는 거야? 귀찮아 죽겠어. 대답을 기다리는 것도 아니면서 자꾸 그렇게 물어보면 자꾸 대답을 해야 할 것 같잖아. 그래서 대답을 하려고 하면 또 혼자 중얼중얼… 넌 친구도 없니?

소년 있어.

꽃게 어디?

소년 (손가락으로 가리키며) …

꽃게 나?

소년 으응.

꽃게 나한테 물어보지도 않고?

소년 싫어…?

꽃게 아니. 그건 아닌데…

소년 너도… 나한테 냄새 나?

꽃게 (냄새 맡으며) 괜찮아. 그 정도 짠내는 짠내도 아니야.

17

소년 정말?

꽃게 음. 인간 친구는 처음이야. 너 맨날 여기 있으면 엄마가 뭐라고 안 해?

소년 안 계셔…

꽃게 아빠는?

소년 몰라… 바다에 가셨겠지.

사이.

꽃게 너도 참… 그렇다.

해설 소년과 꽃게는 날이 어두워지도록 많은 이야기를 나누었어요. 그리고 매일매일 만나서 얘기했죠. 이 소문이 파다하게 퍼지자, 어느 날은 갈매기가 찾아와 낚시도 하고 또 어느 날은 꽃게들과 옆으로 달리기를 하기도 했지요. 소년의 웃음소리가 점점 커졌어요. 절벽 위에서 웃는 소년에 대한 소문은 점점 더 커져서, 마을까지 다 전해지게 되었어요.

소년이 동물들과 대화한다는 말에 마을 사람들은 코웃음을 쳤어요. 고래 미치광이 아버지에 그 아들이라고요. 사람들은 소년을 더 멀리하기 시작했습니다. 그런 얘기를 하건 말건 소년의 아빠는 고래를 잡는 데에만 온통 관심이 쏠려있었어요. 그렇게 하지 않으면 견딜 수 없는 것처럼요.

하지만, 소년은 행복했습니다. 이야기할 수 있다는 상대가 있다는 것, 함께 할 수 있는 누군가 있다는 것만으로도 충분했거든요.

멀리서 들려오는 어린 고래의 울음소리.

소년   우음… 이, 이게 무슨 소리지?

해설   어느 날 밤, 소년은 한 번도 들어본 적 없는 슬픈 울음소리에 잠이 깼습니다. 절벽 위에까지 달려갔어요. 바다 멀리서 들려오는 아주 슬픈 목소리였어요. 정확하지는 않았지만, 그 소리가 너무 슬퍼서 소년의 마음이 아파왔어요. 그 소리가 어쩐지 절벽에 서서 엄마를 부르던 목소리와 비슷한 것만 같았어요. 그래서, 소년은 그 목소리를 위해 노래를 불러주었어요. 언젠가 엄마가 불러주었던 그 노래를요.

소년, 노래 부른다.
멀리서 들려오는 울음소리가 노래를 따라 부른다.
소년, 노래를 한 소절 부르고 기다리자
아쿠, 그 노래를 따라 부른다.

아쿠, 노래를 따라 부르다가 울먹인다.

훌쩍거리는 소리를 들려온다.

소년 괜찮아. 울어도 돼.

아쿠 (목소리만) 싫어. 우는 건 바보 같은 짓이야.

소년 그럼 나는 세상에서 제일 바보겠다. 좀 바보 같으면 어때? 그리구 내가 제일 바보니까 니가 좀 울더라도 넌 덜 바보야.

아쿠 그게 대체 무슨 소리야?

소년 울어도 괜찮다구. 니가 우는 동안 내가 노래를 불러줄게.

아쿠 왜…?

소년 혼자서 우는 건 슬프니까. 니가 어디 있는지는 모르겠지만 내가 같이 있어줄게.

아쿠 나도 내가 어디 있는지 모르겠는데 니가 어떻게 같이 있어준다는 거야. 너 정말 바보 같아. 진짜 바보 같아… 흐흐흑… 흑…

아쿠의 울음소리가 커졌다가 작아지는 사이.

소년의 노래가 잔잔히 파도소리와 겹친다.

해설 소년은 새벽까지 노래를 불렀습니다. 그 울음소리가 그

칠 때까지.

소년   어… 이상하다? 우, 울음소리가 점점 가, 가까워진 것 같았는데…

해설   동틀 때쯤이 되자 소년은 졸린 눈을 비비며 방에 들어가서 잠들고 말았죠. 그런데 날이 밝자, 마을 전체가 난리가 났습니다. 소년은 하암– 잠도 다 깨지 않은 채로 마을 아래로 내려갔습니다.

소년   도, 도대체 무, 무슨 일이지?

해설   마을 아래는 온통 축제 분위기였습니다.

소년   저, 저기, 무슨 일이에요? 저기 무슨 일 있어요?

해설   아무도 대답해주지 않았습니다. 소년은 간신히 아빠의 옛날 동료였던 어부 아저씨를 발견했습니다. 아저씨의 옷자락을 살짝 잡아당겼습니다.

어부   어, 깜짝이야! 너… 고래 미치광이 아들이지?!

소년   죄, 죄송해요… 근데 무슨 일 있어요?

해설   어부 아저씨는 껄껄 웃었어요.

어부   고래를 잡겠다는 인간은 몇 년 동안 고래도 못 잡는데, 진짜 고래를 잡는 사람은 따로 있는 거지. 그래, 고래를 아무나 잡을 수 있나?

소년   네? 고래를 잡았다고요?

어부   그래, 지금!

소년   저, 정말요?

어부 귀찮게 하지 말고 저리 가라. 그리고 니 아빠한테는 그 고래 아니니까 양식장 근처로 오지도 말라고 해!

소년 그 고래요?

어부 눈가에 상처 난 고래 말이야. 니 엄마 잡아먹은 고래! 그저 고래만 보면 죽이려 들 텐데… 산 채로 가져가야 값을 더 쳐준다구. 좀 작은 것이 아쉽지만, 그러니 더 산 채로 가져가야지.

소년 아, 아기 고래예요? 그러면 놔, 놔줘야 하지 않나요?

어부 무슨 개풀 뜯어 먹는 소리야?! 너도 양식장 근처에 오기만 해봐! 응?! 고래한테 흠집이라도 내면 아주 너희 부자 작살을 내줄 테니까! 저리 가, 저리 가라고!

해설 소년은 어부 아저씨에게 혼쭐이 나서 집으로 돌아왔습니다. 아기 고래가 걱정되기도 하고 궁금하기도 해서 참을 수가 없었습니다. 구경을 가려고 마음을 먹고 있을 때, 갑자기, 아기 고래의 긴 비명소리가 들렸습니다.

아기 고래의 포효

소년 어, 저 모, 목소리는?

해설 소년은 그 비명소리가 낯설지 않다는 것을 알아챘습니다. 밤새 길을 잃고 울던 작은 목소리와 똑같았기 때문이었습니다. 그리고 생각했습니다.

소년　　내 목소리를 따라 여기까지 온 걸까? 그럼 정말 내 탓이야! 어쩌지? 이대로 두면 사람들이 아기 고래를 팔아버릴 거야… 내가 도와줘야해.

해설　　소년은 계속 고민을 하다가 밤이 되기를 기다렸습니다.

밤이 되는 무대.

꽃게　　너는 잠도 없니. 물론 내가 너에게 가장 친한 친구라는 건 알아. 그래서 온 거지만, 내 우정을 이런 식으로 시험하지는 않았으면 좋겠다. 하암—

소년　　고, 고마워. 야, 양식장 너머로 몰래 드, 들어가는 길은 니가 가장 잘 알잖아. 너, 너는 내가 아는 가장 또, 똑똑한 꽃게야.

꽃게　　넌, 정말… 따라와!

해설　　(속삭이듯) 모두가 잠든 밤이 되자, 소년은 꽃게를 따라 양식장으로 숨어들었습니다. 양식장에는 커다란 대나무 벽이 사방에 처져 있었습니다. 가까이 다가가려고 할 때, 거기엔 마을의 사나운 개들이 있었습니다. 꽃게는 깜짝 놀라 돌 틈에 숨어버렸습니다.

소년　　아, 안녕.

개1　　너 뭐야?! 썩 꺼지지 않으면 짖을 거야?

개2　　그걸 물어보는 것도 이상한데?

개3	맞아, 맞아.
소년	저, 저기…
개1	뭐야, 너 우리하고 말할 수 있는 거야?
개2	어? 너… 그 애구나? 소문으로 듣기는 했는데.
개3	맞아 맞아.
소년	응. 저기 나 자, 잠깐만 아기 고래하고 이야기하고 싶어.
개3	맞아, 맞아.
개1	멍청이. 넌 좀 조용히 해.
개3	맞아, 맞아.
소년	우, 우리 엄마가 바다에서 돌아가셨는데, 호, 혹시 그걸 알지 않을까 싶어서…
개2	이런… 불쌍해라.
개1	뭐하는 거야, 우리 안 짖을 거야?
소년	부, 부탁해. 잠깐만 이야기할게. 대신, 잠깐 주, 줄을 풀어줄게.
개2	정말?

사이.

개2	음… 잠깐만이야.
개3	맞아, 맞아.

개1   내편은 하나도 없네. 좋아. 잠깐만이다. 하지만, 내 줄
       부터 풀어줘.

해설   소년은 무서운 개들의 목줄을 풀어주고, 개들이 뛰어노
       는 동안, 아기 고래와 만날 수 있었습니다. 아기 고래는
       늦은 밤이었지만 잠들지 못하고, 슬픈 얼굴로 달을 보
       고 있었어요. 처음 만난 아기 고래는 달빛에 하얗게 빛
       났고, 정말로 아름다웠습니다.

       아기 고래는 지난밤 소년이 불러준 노래를 흥얼거리고 있다.
       지켜보는 소년.

소년   미안해, 혹시 내 모, 목소리를 듣고 여기에 온 거니?

아쿠   뭐야, 너였어?

소년   미, 미안해.

아쿠   아. 겨우 인간의 소리였다니. 적어도 고래일 줄 알았는
       데… 너, 뭘 어떻게 한 거야? 이제 하다하다 별 방법으
       로 고래를 잡는구나! 함께 있어주는 게 이거야?!

소년   아니야, 그런 게 아니야. 나는 그냥… 니가 혼자 우는
       게 슬퍼서…

아쿠   니가 무슨 상관인데!

소년   니 목소리가 너무 슬퍼서…

아쿠   그래, 이제는 내 탓이라는 거구나? 전부 다?!

소년	가만히 있을 수 없었어!
아쿠	왜?! 니가 뭔데!
소년	… 내가… 그렇게 울었으니까. 혼자 우는 건 힘든… 일이니까.
아쿠	…
소년	불렀잖아… 엄마, 하고…
아쿠	웃기지마, 내가 그랬다고?!
소년	응. 엄마—하고… 불렀…
아쿠	시끄러워! 고작 인간에게 잡히려고 집을 나온 게 아닌데.
소년	미안해… 니가 잡히길 바라고 한 일 아니야…
아쿠	듣고 싶지 않아.
소년	미, 미안해. 정말 미안해…
아쿠	썩 가버려!
소년	미안해, 다, 당장 갈게!
아쿠	지금 말고!
해설	아쿠는 무서웠습니다. 하지만 이제 사람들이 어떻게 하려는지 알고 싶었습니다.
아쿠	이제 인간들이 나를 어떻게 하려고 하는지는 말하구가.
소년	… 말 못해.
아쿠	왜?

소년	못해…
아쿠	… 날 죽이려는 거야? 넌 그래서 날 부른 거야?
소년	아니야! 내가 도와줄게.
아쿠	니가 왜? 내가 어떻게 널 믿어?
소년	너는 내 목소리를 듣고 온 거니까… 날 만나러 온건 아니지만, 내게도 책임이 있어.
아쿠	니가 뭘 도와줄 수 있는데?
소년	혹시, 저 양식장 벽을 넘을 수 있겠어?
아쿠	난 높이뛰기 해본 적 없어.
소년	고래들은 높이 뛸 수 없어?
아쿠	어쨌든 난 해본 적 없어. 아직 못 배웠다고.
소년	그럼 같이 해보자. 내가 도와줄게.
아쿠	니가 어떻게?

소년과 아쿠, 벽 뛰어넘는 노래를 부른다.

아쿠	도저히 못하겠어. 벽에 자꾸 부딪혀서, 너무 아파. 더 이상 못 하겠어…
소년	미, 미안해. 나는 정말… 아무 쓸모가 없어…
개1	뭐 하는 거야?
개2	왜 둘이서만 재밌게 놀아?
개3	맞아, 맞아.

소년	… 비, 비밀이야…
개2	뭐? 비밀?
개1	뭔데. 말하지 않으면 짖을 거야.
개3	맞아, 맞아.
아쿠	비밀을 말하는 건 친구들끼리 하는 일이야.
해설	소년은 고개를 들어 아쿠를 보았습니다. 다리에 힘이 불끈 솟았습니다. '친구.'
개2	너는 벌써 고래하고 친구가 됐구나?
개3	맞아, 맞아.
개1	무슨 상관이야. 이제 빨리 짖어버리자.
개2	우리는 친구가 아니니까 비밀을 말해주지 않는 거라구.
해설	소년은 용기를 내서 말했습니다.
소년	비, 비밀을 말해주면 도와줄 거야? 그럼 우리는 치, 친구니까.
개2	세상에, 친구래! 난 친구 좋아!
개3	맞아, 맞아.
개1	그럼 같이 노는 거야?
소년	그럼 지, 짖지 않을 거지?
개2	당연하지!
아쿠	우리는… 높이 뛰는 놀이를 하고 있었어?
개1	높이 뛰는 거 좋아! 완전 잘해!
소년	저, 정말이야? 저, 정말 멋지다!

해설	소년과 아쿠는 무서운 개들과 같이 뛰어넘기 놀이를 했습니다. 누가 더 높이 뛰나, 하는 놀이였죠. 그러나 아쿠가 점점 대나무 벽을 뛰어넘을 만큼 높이 뛴다는 사실을, 개들은 모르는 것 같았습니다.

소년과 아쿠, 개들은 벽 뛰어 넘는 노래를 부른다.

해설	높이뛰기를 했던 개들은 지쳐서 그만 잠이 들었습니다.
아쿠	아, 이제 할 수 있을 것 같은데… 이 끈만 풀린다면…!

꽃게가 무대 위로 조심스럽게 등장한다.

해설	밤이 깊어지자, 소년의 고민은 깊어졌습니다. 어떻게 해야 아기 고래를 도울 수 있을까요? 소년이 열심히 끈을 풀어보려고 했지만, 아쿠를 묶은 줄은 너무 단단하고 복잡하게 묶여있어서 소년 혼자 할 수가 없었습니다.
꽃게	개들은 잠들었니?
소년	아, 깜짝이야.
아쿠	꽃게?
꽃게	응, 안녕. 혹시, 내가 도와줄 일이 있을까?
소년	아쿠의 줄을 풀어야 하는데 도저히 풀리지가 않아서…
꽃게	흐음…?

해설	꽃게는 한참이고 묶인 줄을 바라보았습니다.
꽃게	이걸 푼다고?
소년	응!
꽃게	역시 바보 같아. 넌 정말 내가 없으면 안 되겠어.
소년	방법이 있구나?!
꽃게	이건 푸는 게 아니야!
소년	그럼?
꽃게	자르는 거지!

해설 꽃게가 집게를 들어 따각따각 소리를 냈습니다. 그 소리가 들리자마자 바위 틈 사이에서 게들이 쏟아져 나왔습니다. 소년은 꽃게들이 자를 수 있도록 줄을 옮겨주었습니다. 아쿠를 둘러싸고 있는 모든 줄이 마침내 끊어졌습니다!

아쿠	고마워!
꽃게	뭘. 다 모자란 친구를 둔 탓이지. 아까 무식한 멍멍이들 보고 잠깐 숨은 건 잊어버려줘.
아쿠	덕분에 살았어. 빨리 도망쳐야겠다.
꽃게	저기… 저앤 엄마를 고래에게 잃었대.
아쿠	그래서 날…?
꽃게	저 바보가 니가 누군 줄 알고 설마 그랬겠니. 그냥 늘

고래를 만나고 싶어 했어. 니가 저애 얘기를 좀 들어줘.
(집게질을 하며) 나한테 고맙다는 인사 대신에.

아쿠 … 알았어.

소년 뭐해, 이제 빨리 도망쳐야해! 사람들이 오기 전에!

해설 아쿠는 개들이 가르쳐준 대로 훌쩍, 뛰어넘었습니다.
드디어 어장 밖으로 도망쳤어요!

소년은 그 멋진 모습을 보기 위해 바위를 타고 아쿠가 보이
는 쪽으로 뛰었습니다. 아쿠는 드디어 편안하게 물속을 오가
며 몸을 풀었습니다. 그런데, 아쿠가 갑자기 소년 가까이 와
서 꼬리로 수면을 내리쳤습니다. 소년은 순간 바위에서 미끄
러져 아쿠의 꼬리를 잡았습니다. 아쿠는 꼬리를 위로 쳐올렸
습니다.
소년의 몸이 빙글빙글 돌아 아쿠의 등 위에 떨어졌습니다.

소년 <u>ㅇㅇㅇㅇㅇ</u>…

아쿠 제대로 앉아봐.

소년 죽는 줄 알았어.

아쿠 나는 그런 짓 안 해.

소년 왜 떠나지 않고 나한테 왔어?

아쿠 고래를 만나고 싶었다며.

소년 … 어떻게 알았어?

아쿠	꽃게한테 들었어.
소년	정말 수다쟁이라니까.
아쿠	만나니까 어때
소년	모르겠어
아쿠	뭘?
소년	묻고 싶은 게 많았는데… 널 보니까… 이제 알겠어.
아쿠	날 보니까 뭐?
소년	우리 엄마가… 고래가 됐으면 좋겠다…
아쿠	그게 무슨 소리야?
소년	이렇게 멋지고 힘차게 물 속을 가르면서 지내고 있었으면 좋겠어. 더 이상 아프지 않고, 너처럼 이렇게 멋지고 아름답게…

해설	소년이 눈을 가리고 울고 있었습니다. 그러나 환하게 웃고 있었습니다. 소년 얼굴 위로 흐르는 눈물이 달빛을 받아 반짝였습니다.
아쿠	이거 가지고 멋지다고 하면 안 되지. 가자. 내가 진짜 멋진 거 보여줄게.

해설	아쿠는 소년을 태우고 마을에서 떨어진 섬 뒤편으로 갑니다. 달빛이 번지는 바다로 나아갑니다.
아쿠	이제부터 진짜다?!

해설 아쿠가 소리를 내며 바다를 가릅니다. 소년의 머리카락을 바닷바람이 쓰다듬어줍니다. 아쿠는 소년을 미끄럼틀 태워주기도 하고, 달빛에 부서지는 물줄기들을 보여주기도 하고, 그 물줄기 위에 올려 태워주기도 하고, 고래의 지느러미를 붙잡고 함께 바닷속을 구경하기도 했습니다.

보름달이 가까워지는 환한 달빛에 바닷속은 투명하게 비치고 잠든 물고기들도 아쿠와 함께, 그리고 소년과 함께 해주었습니다. 소년의 눈물이 그치고 웃음이 터졌습니다. 아쿠의 모습이 달빛에 빛났습니다.

밤이 깊어지고, 이제 둘은 헤어질 시간이 가까워 온다는 걸 느꼈습니다. 소년은 아쿠에게 미안해졌습니다.

소년 도망칠 수 있었는데 나 때문에…

아쿠 아니야, 근처에 잘못 숨어 있다간 더 금방 잡힐 거야. 아주 멀리 가지 못할 거면 찾기 어려운 곳에 숨어야해.

소년 그럼 나를 따라와!

해설 소년은 아기 고래를 섬의 제일 구석에 있는 동굴에 감추어 두었습니다. 사람들을 피해 종종 소년이 숨어있던 곳이었지요. 소년은 아쿠를 숨겨두고 조심조심 집으로 돌아왔습니다. 아빠는 다행히 깊은 잠이 든 후였습니다.

사이. 밝아지는 조명. 아침.

해설 다음날, 마을이 발칵 뒤집혔습니다. 고래가 사라졌다는
사실을 알고 다들 화가 잔뜩 났습니다. 소년은 자꾸 웃
음이 났지만, 꼭 참았죠. 그런데 사람들이 소년의 집으
로 찾아온 것이 아니겠어요? 소년은 깜짝 놀라 부엌문
뒤로 숨었습니다. 다행히 사람들은 소년을 잡으러 온
게 아니라, 소년의 아빠에게 아기 고래를 잡아달라고
부탁을 하러 온 거였어요.

의원 아기 고래가 도망친 것을 잘 알고 있겠지만, 마을의 안
녕과 평화를 위해서 좀 도와주면 좋겠네. 이거, 마을 사
람들이 십시일반으로다 조금씩 모아온 것이야.

해설 먹을 것이 가득 들어있는 바구니였습니다.

의원 지금은 이것뿐이지만, 고래를 잡아다가 팔면, 자네에게
도 똑같이 배분하고, 아니지, 아니지 더 많이 챙겨 준다
고 약속하지!

해설 아빠는 아기 고래를 잡겠다고 흔쾌히 약속했습니다. 하
지만, 아빠의 생각은 달랐습니다. 아빠의 목표는 아기
고래가 아니라, 다른 고래였습니다. 아기 고래의 근처
에는 엄마 고래가 있을 것이라고 생각한 것이었습니다.

아빠의 눈이 어느 때보다 빛났습니다. 소년은 그 모습이 두려웠습니다. 아빠는 며칠째 아기 고래를 잡으려면 바다와 가까운 바다를 샅샅이 뒤지고 다녔지만, 소용이 없었습니다. 소년은 이제 저녁이면 아기 고래를 만나러 동굴에 갔습니다.

소년   사람들이 니가 여기 있는 걸 아직 몰라. 좀 잠잠해지면, 떠나는 게 좋을 것 같아. 넌 어디로 가야해?

해설   아쿠의 얼굴이 어두워졌습니다.

아쿠   … 난 갈 데가 없어.

소년   왜?

아쿠   집을 나왔거든.

소년   집을 나왔어도, 집은 있어. 집은 항상 거기 있는 걸.

아쿠   엄마는 늘 내가 어리다고 아무것도 못하게 했어, 아무 데도 못 나가게 하고. 세상은 이렇게 넓고 바다도 이렇게 넓은데…

소년   어, 엄마 보고 싶지 않아?

아쿠   그렇게 보고 싶으면 너나 집에 가.

소년   … 싫어.

아쿠   …

소년   넌 왜 집에 가고 싶지 않은 거야?

아쿠   어떻게 가야할지 모르겠어. 너무 멀리 왔나봐.

사이.

아쿠 엄마라면 지긋지긋해. 엄마는 약한 고래야. 한쪽 눈이 멀었거든. 다른 고래들이 얼마나 업신여기는데. 내가 아주 어렸을 때, 작살에 맞아서 다쳤대. 그래서 고래들 중에서 힘이 하나도 없어. 시시해. 엄마는 아무것도 몰라. 내가 엄마처럼 약한 고래가 아니란 걸 보여주기 전에는 못 가.

소년 이렇게 멀리까지 잘 헤엄쳐왔잖아. 이걸 아시면 놀라실 걸?

아쿠 근데 너는 왜 집에 가기 싫은데?

소년 아빠… 싫어.

아쿠 왜…?

소년 아빠만 생각하면 화가 나. 아빠도 늘 화가 나있어. 아빠는… 바다에만 가. 나 같은 거 신경도 안 써.

아쿠 우리 엄마가 너네 아빠 같으면 좋겠다.

소년 나는… 그냥 엄마가 있었으면 좋겠는데.

아쿠 … 엄마 많이 보고 싶어?

소년 응.

아쿠 내 이름은… 아쿠야.

소년 아쿠.

해설 아쿠는 소년에게 손을 내밀었어요. 소년은 그 손을 잡고 자기 이름을 말해주었어요. 잡은 손이 따뜻했습니다. 소년이 문득 말했습니다.

소년 따뜻하다.

아쿠 있지, 고마워.

소년 나도. 친구가 되어줘서 고마워.

해설 소년과 아쿠는 서로를 바라보며 웃었습니다. 달님도 따뜻하게 웃고 있었습니다.

이튿날 아침, 햇볕이 쨍쨍하고, 선선한 바람이 부는 좋은 날. 고래는 잡지 못했지만, 마을사람들은 모두 신이 나있었습니다. 갑작스러운 날치 떼가 날아들고 있었거든요.

날치 떼와 바람소리.

해설 모두가 풍작이라고 좋아했습니다. 날치 떼들이 갑자기 날아올 때가 아니었지만, 다들 아기 고래가 사라져서 시무룩해져 있을 때 더할 나위 없는 위로가 된 것입니다.

어부 몇십 년 동안, 이렇게 많은 날치 떼는 처음이다! 배가 다 가라앉을 정도라니까!

해설 모두가 신나하는 분위기에 아기 고래를 신경 쓰는 사람은 아무도 없었습니다. 소년의 아빠 빼구요. 날치의 등

장에 모두 바쁜 덕에, 아무도 소년을 신경 쓰지 않았습니다. 이제 소년은 대낮에도 아기 고래를 만나러 갈 수 있었어요.

소년　아쿠! 나, 나 왔어!

아쿠　어? 어쩐 일이야? 이 시간에 와두 괜찮은 거야?

소년　그럼, 지, 지금 날치 떼가 날아와서 다들 정신이 없거든.

아쿠　··· 날치 떼? 지금은 때가 아닌데?

소년　하지만, 다행이잖아. 널 다들 잊, 잊은 거 같아. 조만간 떠날 준비를 하자.

아쿠　그래···

해설　그런데, 아쿠의 안색이 좋지 않았습니다.

소년　왜 그래, 아쿠? 배가 아파? 기, 기분이 안 좋아? 왜 그래?

해설　몇 번이나 물었지만, 아쿠는 아무 말도 하지 않았습니다.

소년　아쿠!

아쿠　아, 깜짝이야.

소년　우린, 치, 친구잖아. 괜찮으니까 뭐든 말해. 걱정이 있다면 뭐든 들어줄게. 내가 도와줄게!

해설　아쿠는 한참 동안 소년을 바라보았습니다.

아쿠　··· 해일이 오는 것 같아.

소년   해일이 뭔데?

아쿠   큰 파도야. 아주 큰 파도.

소년   아… 그래?

아쿠   바보야, 이 섬 전체를 덮어버릴 만큼 큰 파도라구!

소년   … 그렇게 큰 파도가 온다구?

아쿠   다 죽을 수도 있어. 도망쳐야 돼. 지금 가서 바로 짐을 챙겨가지구 나와.

소년   말도 안 돼… 그런 게 온다구?

아쿠   못 믿겠으면 … 날치떼들에게 물어봐. 서쪽 바다에 무슨 일이 있었는지! 왜 이렇게 일찍 넘어오고 있는지!

해설   소년은 서둘러서 마을로 뛰었습니다… 절벽에 서서, 지나가는 날치들에게 물었습니다.

날치들   우리 바빠, 바빠.

소년   제발, 자, 잠시만

날치들   바빠 죽겠으니까 저리 비키라구 바쁘다 바빠.

소년   아기 고래가 너희들에게 물어보면 아, 알 거래.

날치들   아기 고래가? 뭘? 바쁘니까 빨리 말해!

소년   서쪽 바다에서 무슨 일이 있길래 이렇게 빨리 넘어온 거니?

날치들   아우, 바빠 죽겠다니까

소년   제발 대답만 해주고 가!!

날치들   해일이 와, 해일이 온다고, 아유, 바쁘다, 바빠.

소년   정말이구나… 정말이야.

날치들 (자기들끼리 여러 목소리로) 너도 빨리 준비해. 그나저나 이상한 애야. 우리랑 대화를 하다니 그게 무슨 상관이야 우린 바빠 죽겠는데. 저리 비키라구! 바쁘다, 바빠.

해설   날치들이 소년을 남겨두고 정신없이 날아갔습니다. 소년은 절벽에 선채로 마을을 내려다보았습니다. 거기에는 날아오는 날치 떼를 잡고 잔치를 벌이는 마을 사람들이 보였습니다.

소년   해, 해일이 온대요. 마을 사람들! 해일이 온대요! 날치 그만 잡고 다들 피해야 해요. 준비해야 한다구요! 해일이 온대요!!

해설   아무도 그 말을 듣지 않았어요. 소년은 목이 터지도록 외쳤어요.

소년   해일이 와요, 해일이 온다구요! 아저씨, 해일이 온대요. 나, 날치를 잡을 때가 아니에요.

어부   오냐오냐하고 봐줬더니, 너 정말로 미친 게로구나? 어디서 헛소리야? 몇십 년 만의 풍작인데, 해일이라고? 허, 참내. 비켜!

의원   사람들 불안하게 하지 말고, 집에 가서 니네 아버지나 기다려라.

소년   아저씨…

어부	귀찮게 하지말구 저리 꺼지라니까!
소년	해일이 온다니까요!
의원	에이… 그 아버지에 그 아들이로군. 미친 소리 작작하구 썩 가거라!

해설	소년은 결국 얻어맞고 나서야 동네에서 빠져나올 수가 있었습니다. 하지만 마음이 너무 아팠어요. 코피를 흘리며 훌쩍이며 동굴에 온 소년의 모습을 보고 아쿠는 화가 잔뜩 났습니다.
아쿠	그냥 떠나자. 그 사람들은 안 돼. 어쩔 수 없어.
소년	하지만…
아쿠	도망치자.
소년	여기 사람들은?
아쿠	… 날 죽이려고 한 사람들이야.
소년	아쿠… 도와줘.
아쿠	오늘 떠나도 늦을지도 몰라. 일단 해일을 피하고…
소년	아쿠…
아쿠	아무도 네 말을 들어주지 않잖아?
소년	… 호, 혼자라도 해볼게.
아쿠	끝까지 여기에 있겠다는 거야? 좋아, 니 아빠도 같이 가자. 너 사실 아빠 때문에 신경 쓰여서 그러는 거지?
소년	아니야. 그런 거 아니야. 미안해.

아쿠　왜 그렇게까지 애쓰는 거야?

소년　여긴… 우리집이고. 엄마랑 추억이 깃든 곳인 걸. 여기를 떠나면 엄마 흔적도 없어지잖아…

아쿠　여기서 버틴다고 살아남을 수 있을 것 같아?

소년　아쿠, 빨리 여길 떠나. 돌아갈 곳이 있을 때… (사이) 나하구 친구가 되어줘서… 고마웠어. 그때 나하구 노래를 같이 불러줘서. 기뻤어…

해설　아쿠는 무섭게 소년을 한참동안 쳐다보았습니다.

사이.

아쿠　내가 지금 엄마를 부르는 건. 저 사람들을 위해서가 아니야. 나를 도와준 너를 위해서야. 우린, 친구니까.

해설　아쿠는 말을 마치자마자 길게 울기 시작했습니다.

아기 고래의 울음소리.

소년　아쿠! 그만둬, 사람들이 몰려올 거야.

아기 고래의 울음소리.

소년　(울며) 제발 그러지마, 사람들이 널 해치면 난 못 견딜 거야. 제발 부탁이야!!

아기 고래의 울음소리.

해설 그러나 아쿠는 마침내 동굴 밖까지 나서 울기 시작했습니다. 모두가 들을 수 있도록, 크게 크게 목청이 터져라 울기 시작했습니다. 계속 계속 아주 멀리까지 들을 수 있도록 울었습니다. 사람들은 모두 아쿠의 울음소리를 듣고야 말았습니다. 사람들이 아쿠가 있는 동굴 앞으로 모여들었습니다.

소년 안 돼요, 데려갈 수 없어요!

해설 그러나 아무도 소년의 외침을 듣지 않았습니다.

소년 그러지 마세요. 제발 그러지 마세요!!

의원 행운의 징조다. 아기 고래까지 잡히면, 이 마을은 더 풍요로워질 거야!

어부 또 도망치기 전에 지금 바로 잡아야 합니다!

해설 소년이 어부 아저씨의 발에 매달렸어요. 소년은 어부 아저씨의 발에 채이고, 동네 사람들에게 얻어맞고 또 넘어졌어요. 소년은 고래를 잡기 위해 다가가는 사람들의 팔을 잡고 다리를 붙들었어요.

사람들	꼬리부터 보관해야 해요!
의원	보름달이 뜨는 날에는 바다 생물은 잡는 것이 아니야. 내일 잡아야해! 기다려야 한다구!
어부	아, 얘 좀 어떻게 해봐요!
의원	이 꼬맹이 녀석, 비키지 못해?!
어부	고래 잡기 전에 사람 잡겠네. 비키라니까. 너 이런다고 고래 못 잡을 줄 알아?
해설	갑자기 뒤쪽에서 소년의 아빠가 나타났습니다. 아빠도 역시 아쿠의 울음소리를 듣고 온 것이었습니다. 아빠는 고래를 발견하고도 전혀 기뻐 보이지 않았습니다. 소년이 아빠에게 매달렸습니다.

소년	아빠, 제발요, 살려주세요. 네? 제 친구예요…?
해설	아빠는 소년이 매달려 말하는 것을 보고 놀랐습니다. 하지만 아빠는 화가 나서 소년의 어깨를 세게 붙잡았습니다.
아빠	친구…? 정신 차려!
해설	소년의 아빠가 아쿠를 잡았습니다. 소년이 아빠에게 매달렸습니다.
소년	놔주세요, 엄마 고래에게로 돌려보내주세요.
해설	그 말을 들은 아빠의 눈이 빛났습니다. 아빠는 소년을 밀어버렸습니다. 땅바닥에 나동그라진 소년이 울기 시

작했습니다.

아빠 제발 그만 울어! 바로 집에 가서 기다려라. 모든 게 곧 끝날 거야. (소년을 일으켜 세우며) 그러면, 우리도 다시 살아갈 수 있을 거야. 그 고래만 잡으면…

해설 아빠가 앞서서 아쿠를 양식장으로 몰고 가려고 할 때, 양식장 앞의 높은 바위 위로 올라갔습니다.

소년 고래를 잡는다고 뭐가 달라져요, 아빠, 나를 좀 보세요! 나를 좀 보라구요!

해설 마을 사람들이 놀라 웅성거렸지만, 아빠는 조금도 흔들리지 않았습니다. 강한 바람에 소년의 몸이 바위 위에서 휘청거렸지만, 아빠의 눈은 흔들리지 않았습니다.

해설 소년의 슬픔은 몇 배로 깊어졌습니다. 그때, 갑자기 강한 바람이 몰려오기 시작했습니다. 가벼운 바람으로 시작한 것이 점점 거대한 태풍이 되었습니다.

바람소리. 태풍 소리.

해설 배들이 위태롭게 흔들리고, 집채만한 파도가 몰려오고, 잡아먹을 듯한 바람에 사람들은 서 있을 수도 없게 되었습니다. 사람들은 모두 배들을 묶고, 집안을 단속하고, 모두 우왕좌왕하고 있었습니다. 그때 저 멀리 수평선이 높아지는 것이 보였습니다.

소년　해일이다… !

해설　마을 사람들이 모두 소년을 보았습니다… 정말로 해일이었습니다. 어떻게 해야 할까요. 거대한 바람은 불어오고 장벽처럼 파도가 섬을 향해 덮치려 할 때, 갑자기 모두의 앞에 거대한 산이 높게 솟구쳐 올랐습니다.

파도소리, 솟구쳐 오르는 소리.

아쿠　엄마…

소년　엄마…?

해설　장벽같던 파도보다 더 높은 산이 솟구쳐 올라, 파도를 온몸으로 막아주고 있었습니다. 사람들은 모두 다리에 힘이 빠져 주저앉았습니다. 오직 한 사람, 소년의 아빠만 빼고요. 소년의 아빠는 전에도 이 산을 본 적이 있었습니다. 온몸에서 전기가 흐르는 듯 했습니다. 눈가에 상처가 있는 거대한 장벽. 아빠는 그 고래를 알아보았습니다.

사람들　고래다… !

해설　사람들은 깜짝 놀라 그 산을 다시 바라보았습니다. 정말로, 고래였습니다. 하지만, 그 고래를 죽이려고 작살을 들고 달려드는 아빠의 모습에 사람들은 더욱 놀랐습니다.

어부 미쳤어요, 그만해요. 저 고래 없으면 우리 다 죽어요?

해설 아빠는 멈출 수 없었어요. 얼마나 기다렸던 순간이었을까요.

어부 그만해요!! 그만하라고요!

해설 사람들이 모두 달려들어 고래를 죽이려고 가는 아빠를 막았습니다. 하지만, 그 앙상하게 마른 몸에서 어떻게 그런 힘이 났는지 아무도 아빠를 막을 수가 없었습니다. 아빠와 엄마 고래는 점점 가까워지고 있었습니다. 그때!

소년 아빠!!! 안 돼요~! 그만하세요. 제발 부탁이에요.

아빠 저 고래야. 우리에게서 네 엄마를 빼앗아간 고래!

소년 아빠, 이미 지나간 일이에요.

아빠 지나갔다고?

소년 아빠 제발 부탁이에요.

아빠 비켜!

소년 안 돼요!

해설 아빠는 소년을 밀어버렸습니다. 소년은 고꾸라진 채로 울면서 소리쳤습니다.

소년   저 아기 고래는!

아기 고래의 울음소리.

해설   아기 고래의 울음소리에 아빠가 멈춰 섰습니다.

소년   저 아기 고래도 나와 같아질 거예요. 슬픔은 여기서 끝내요, 아빠…

해설   아빠는 다시 고래를 향해 걸어가기 시작했습니다.

소년   엄마가 정말 왜 바다에 갔는지 몰라요?

해설   아빠가 돌아보았습니다. 아빠의 얼굴은 일그러져 있었습니다.

소년   알고 있었잖아요. 아빠, 사실은 알고 있었잖아요.

해설   아빠의 손이 떨렸습니다. 하지만, 아빠는 멈출 수가 없었습니다. 결국 어부들이 달려들어 간신히 아빠에게서 작살을 빼앗았습니다. 미쳤냐고 덤벼드는 사람들 때문에 옷이 찢어지고, 얼굴에서 피가 났습니다.

아빠   그 고래라고! 그 고래! 그런데 나더러 아무것도 하지 말라는 거야? 이제야 만났는데, 이제야 만났는데!!!! 왜 하필 그 사람을 데려갔냐고!! 우리가 가진 전부였는데… !!

파도소리.

해설	엄마 고래의 슬픈 울음소리가 섬을 울렸습니다. 아빠는 허리춤에 있던 칼을 높이 꺼내들었습니다.
소년	안 돼요!!!
아쿠	그러지 마세요!
해설	아빠는 크게 비명을 질렀습니다. 손에서 칼을 떨어뜨렸습니다. 대신 아빠는 두 주먹을 고래를 향해 휘둘렀습니다. 그만 주저앉고 울기 시작했습니다.
소년	아빠…
해설	어째서일까요, 엄마 고래는 피하지도 도망치지도 않았습니다.

아기 고래의 비명소리, 엄마 고래의 울음소리.

소년	아빠… 그건 그냥 사고였대요!! 저 고래도 눈을 잃었잖아요…!!

그림자로 비춰지는 엄마고래의 눈물.

소년	엄마는… 그냥 왔던 곳으로 돌아간 것뿐이에요…
해설	그때, 아빠의 머릿속에서 엄마의 모습이 떠올랐습니다. 언젠가 저 깊은 바다 끝에 가보고 싶다며 늘 바다를 바라보던 엄마, 새들과 함께 앉아있던 엄마, 고래와 교감

하면서 웃던 엄마, 늘 언젠가 떠날 것만 같았던 엄마의 모습이었습니다.

아빠 아니야–!

해설 아빠는 세차게 고개를 저었지만, 깊은 바다와 바닷바람을 무서워하지 않고 바라보던 엄마의 모습이 떠올랐습니다.

소년 제가 동물과 말할 수 있는 법을 알려준 건… 엄마예요…

해설 앉아서 울고 있는 아빠에게 다가가려고 할 때, 소년은 깜짝 놀랐습니다.

소년 아빠!!! 조심해요!

어부 두 번째 파도다!!!

해설 첫 번째 파도와 비할 수 없는 더 거대한 파도가 몰려오고 있었습니다. 모두가 파도 앞에 주저앉았습니다. 엄마 고래는 더 힘을 내어 솟구쳐 올랐습니다!!!

거대한 굉음. 파도소리, 부딪치는 소리. 긴 사이.
새소리, 아침의 소리. 잔잔한 파도 소리.

꽃게 이봐, 일어나봐. 친구, 죽은 거야? 설마, 죽은 거냐구! 나한테 인간 친구는 처음이었는데!!

해설 제일 먼저 눈을 뜬 것은 꽃게였습니다.

소년	어…? 여긴 어디야??
꽃게	정신이 들었군! 죽은 줄 알았다구!
소년	나… 죽은 거 아니야?
해설	꽃게는 소년을 콱, 꼬집었습니다.
소년	아야!!!
꽃게	그런 소리 하지 마! (쳐다보며) 괜찮아?
소년	응… 그런 거 같아.
꽃게	어? 근데, 저기 누워 있는 거 너희 아빠 아니니?
소년	아빠…?
해설	모든 태풍과 해일이 지나간 아침. 소년은 아빠에게 뛰어가 아빠를 깨웠습니다.
소년	아빠… 아빠… 일어나요. 아빠… 아빠까지 떠나지 마세요. 절 좀 보세요… 저 좀 보세요 아빠…

사이.

소년	아빠?
해설	힘겹게 아빠가 눈을 떴습니다…
아빠	용기야…
소년	아직 제가 남아 있잖아요… 우리한테는… 우리가 있잖아요…
해설	아빠는 소년을 꼭 끌어안았습니다.

아빠   ··· 미안하다··· 미안해···

해설   아빠와 소년은 손을 잡고 일어섰습니다. 쓰러져있던 마을 사람들도 깨어나기 시작했습니다. 미치광이라고 부르며 피하던 그 사람들이 소년과 아빠에게 다가왔습니다.

아기 고래 울음소리.

해설   아쿠가 소년을 부르고 있었습니다.

소년   아쿠! 괜찮아? 엄마는? 괜찮으셔?

아쿠   잘 모르겠어···

소년   왜?!

해설   아빠가 갑자기 아쿠 가까이 왔습니다. 아쿠는 겁을 먹은 듯 뒤로 물러섰습니다. 소년은 아빠를 잡아당겼습니다. 아빠는 소년의 머리를 쓰다듬으며 고개를 끄덕여 보였습니다. 아빠는 손으로 엄마 고래를 향해 가까이 오라고 손짓했습니다.

아쿠   엄마···?

해설   아쿠가 말릴 새도 없이 엄마 고래는 망설이지 않고 아빠에게 다가갔습니다. 아빠는 작은 배를 타고 엄마 고래 가까이에 갔습니다. 고래와 아빠는 마주보고 있지는 않았지만, 한참 동안 말이 없었습니다. 그때 아빠가 엄마 고래 눈앞에 다가갔습니다.

아쿠 하, 하지 마세요!

해설 아빠는 엄마 고래의 눈 쪽으로 다가가 상처에 손을 댔습니다. 이상하게도 엄마 고래도 그 자리에 아빠도 그 자리에 서있었습니다. 아빠는 엄마 고래에게 가만히 손을 대고 있었습니다.

소년 …

사람들 … 저기…

해설 마을 사람들이 쭈뼛거리며, 소년에게 다가왔습니다.

어부 고맙다고… 전해… 줄 수 있겠니.

소년 … 그럼요. 아쿠! 사람들이 고맙대.

어부 고맙고! 미안하다!

소년 아쿠! 미안하대!

아빠 이제… 더 고래를 잡지 않겠다고… 해주렴.

소년 이제 더 고래를 잡지 않겠다고 약속하신대!

해설 그때, 엄마 고래가 길게 물을 내뿜었습니다.

물 내뿜는 소리.

해설 아빠가 천천히 손을 들어 흔들었습니다. 엄마 고래는 더 길게 물을 내뿜었습니다. 긴 무지개가 떠올랐습니다.

아쿠 용기야.

소년	아쿠.
아쿠	응.
소년	우리가 또 만날 수 있을까?
아쿠	그럼.
소년	고마워.
아쿠	뭐가?
소년	함께한다는 건 정말 아름다운 일이야.
아쿠	나도 이제 알 것 같아.
소년	뭘…?
아쿠	어디에 있는지 몰라도 함께 있다는 느낌 말이야.
소년	널 잊지 않을게.

해설	아쿠도, 작게 물을 내뿜었습니다. 아주 작고 귀여운 무지개가 떠올랐습니다. 엄마 고래 위에 큰 무지개. 그리고 그 옆의 아쿠 위에 작은 무지개. 무지개가 아름답게 떠 있었습니다. 용기의 아빠도 용기의 손을 꼭 잡았습니다. 사람들도, 용기도, 아빠도 모두 고래들을 향해 손을 흔들었습니다. 점이 되어 보이지 않을 때까지 모두 계속 손을 흔들었습니다. 그 아름다운 무지개를 기억하는 사람들은, 그 무지개와 약속을 잊지 않기 위해 무지개섬이라는 이름을 붙였습니다.

에필로그

아이 응? 무지개섬은 우리 섬이잖아?

남자 그러네에?

아이 아빠, 아빠는 그 고래들 본 적 있어?

남자 아빠?

아이 응! 본 적 있어?

남자 그럼, 본 적 있지.

아이 엄마도?

남자 그럼, 엄마도.

아이 어디서? 수족관에서?

남자 아니, 바다에서.

아이 … 나도 보고 싶어.

남자 어디서? 수족관에서?

아이 아니, 바다에서.

마주보며 웃는 두 사람.

아이 엄마, 이제 일어났을까?

남자 아마도? 저녁 먹을 시간이니까. 왜?

아이	엄마한테 해줄 말이 있어.
남자	무슨 말인데? 고래 보러 가자고?
아이	아니.
남자	뭔데?
아이	함께 있는 건 아름다운 일이라고.

물끄러미 아이를 바라보는 남자.
작은 고래인형을 품에 안고 뛰어가는 아이.

아이	누가 더 빨리 가나 시합하기!
남자	반칙이다 반칙!!
아이	아빠 어른이잖아!

쫓아가는 남자, 작아지는 남자와 아이의 웃음소리. 멀리서 들리는 엄마 웃음소리. 이불 호청 뒤로 떠오르는 고래 그림자.

막.

한국 희곡 명작선 09

무지개섬 이야기

초판 1쇄 인쇄일   2019년 1월 16일
초판 1쇄 발행일   2019년 1월 25일

지 은 이   진주
만 든 이   이정옥
만 든 곳   평민사
           서울시 은평구 수색로 340 [202호]
           전화: (02) 375-8571(代)
           팩스: (02) 375-8573
           http://blog.naver.com/pyung1976
           이메일 pyung1976@naver.com
등록번호   제251-2015-000102호
 정 가   6,000원

※ 이 책은 사단법인 한국극작가협회가 한국문화예술위
   2019년 제2회 극작엑스포 지원금을 받아 출간하였습니다.